樓梯間．至少 有
一盞燈．不會 亮。

陳育律・著

Master Key
我處於一種不想整理行李的狀態

我所眷戀的你如果回頭
問我今天明天和以後
有沒有河流餵養我不解的渴
還有沒有年輕的樹
為我的夢遊結果

如果你在天色邊緣留下筆跡
我便不懼怕遠行
每一個遙遠的城市裡
只要收集你的名字

我就認定自己通曉世界
當我在寒涼的高度裡不寐
親愛的你還會不會提燈問候
有沒有長堤
安慰水邊的火
有沒有柔情的路帶我走

天亮之前，如果你還願意
保持對望的姿勢
我情願哪裡也不去
只要能夠守住這段距離
我就有本事對抗世界

目次

Room 501A／安徒生一號

Room 101／徐來

Basement／何留

Room 501B／安徒生二號

Room 401／陳墨

三十影展

懷舊在人多的地方從不退流行
往事和北極熊屬於同樣討喜的難題
突然被什麼人講到的時候
心頭微微跳動一下
感覺自己年輕了幾秒

逆時鐘繞圈
抱緊劇本練習互通的典故
共鳴後跳入螢幕
疼惜被低估的敘事
只在夜深的影廳放映

靠邊坐的日常比較完整
側頭就能窺見刻意隱藏的風景
務必蹺腳讓形跡可疑
引誘未來式的必然一大步靠近
一小步配送從容不迫的指令

磨碎夢境，舉手擾動浮塵
看微小的奇蹟在光束裡
賣力甩開人間色彩，不停旋轉
酒後的蝴蝶那樣在眼底盡情旋轉
回到視野住下，忘卻飛行

忘卻遠方的答案和冷僻隱喻
久住邊界完整的方框
說服不情願的身體攜手

種下合理生活的第一棵樹
擅長開花，不容易結果

開一朵不好不壞的花點綴胸膛
看起來和諧友善，沒有多餘的刺
再開一朵花熬過跨夜
頂著餘香乘坐電車
晃動中排演攻防的套路

謝謝，謝謝各位踴躍到場
尤其關心脈絡外的伏筆
投以同情瀕危動物的注視禮
下一場馬上要開始了
座位會慢慢消失，錯過不必在意

趨光動物

無論哪一種生活
都有一個孤獨的場面
記不得是誰在指尖發明了火焰
證明星星跳水並不馬上熄滅

燈會最後一天
穿上耐看的那套衣服
緩慢走去磨淡了的起點

沿著浮腫的舊跑道
來來回回，像遠方有人懸腕

寫壞第一行第一個字只好
不假思索將自己塗黑

來來回回，那端的人遲早刷破紙背
橙色在臉頰上燒痛一圈一圈
卻說這不過是命中註定的毛邊
燒得夠乾淨不會落下塵灰

習慣一種生活充滿透明邊界
和寂寞在餐桌上養成默契
餓的時候加熱幾顆新詞
忽視發燙的念頭，訓練身體
在節日面前全心節制自我

睡著了背脊又濕一年
睡醒了再看一年淺眠的夜
那個人總在冷風中練字
磨勻金墨，在格線前緣等待鳴槍

留一個名字在生活的瀏海底下
手心護住一朵醉醺醺的煙花
背負失而復得的僥倖，隨時出發

深夜超市

攤開掌心，檢查阡陌之下
被忽視的隱喻，順帶瀏覽基本所需
汗水堅定得令人憂心

未來記載日常內部的色彩
色彩說明解凍後的未來
大大小小，裝進嘈鬧的提籃

紙盒與保麗龍勾勒出城市阡陌
仰望今日的塑膠天頂
高樓背後是鋒利的高樓

年輕的月圓總是甜
明晃晃照過來的時候笑得像水
半個嘆息吹皺了湖面

穿越盎然新綠與肥美妒嫉
伸手探入潔白方格翻找
一天比一天更不合時宜的定義

靜謐屬於日漸失溫的人群
人群屬於速度離去後的靜謐
縫隙中保存老派規矩

沒被發現的時間不算數
保存期限將屆的記憶棄絕語言
躲進角落獨自安睡

自動門不特意為誰開啟
只是寧可展示鮮嫩好看的觀點
不阻攔任何一種眼神

把生活當作至關重要的詞句
假裝費心分析諸多可能
製造偶遇，策劃頓悟，刻意欣喜

夏之魔物

大概還沒有人告訴你吧
常去的店早就關了
整排路燈把臉換新了

寫過那麼多錯字的書桌
活到第三十個年頭
總算找到失蹤的決心

挖掘埋葬在邊境的約定
誓言一場遲到的雨
輕易讓自己離開自己

更輕易地將名字都抹去
雨傘底下誰愛著誰
溝裡一改再改的密語

想必你也無法分辨所有
從同一個座位開始
逐日延長呼吸的眼神

應該從前的夏季比較短
腳步卻踩得比較緩
因此到現在還沒用完

臨時起意

還沒輪到我抽取機會
這夜的指令是安靜
距離下一個節日
總有用不完的遠景

途經昂貴的未來
你口袋裡那張
來自遠方的明信片
瘦弱得不能完成句讀
我沿著發光的方形街區

順時鐘小跑步，賣力追趕
沒有一次追上時間
只想不動聲色地暗示你
骰面上的數字亂了
而你千萬要保持微笑

別讓他們發現
你沒有灰黑的足跡
懷疑你不是
那一個完整的人

覆水難收

已經落下的雨
冷了也不會變為雪
徒有潔白的想念
但是無法一塵不染地
站起來
長成你喜歡的樣子

已經落下的雨
就是他們說的那個
理所當然的樣子
終於可以若無其事地

走過去
假裝沒有你的位置

已經落下的雨
明天依然會是這種
安分守己的樣子
目送話題更軟更輕盈
浮上來
負責任地完成語氣

已經落下的雨
找不回曾落下的雨
所有人都在等你
完成他們想要的樣子

蹲下去
眼光沿背脊倒影

短暫交會

我們的再見向來
不打算說得過於緩慢
如果追不上早餐
就趕在問候前
拾起白色的粉筆
沿路背對背拉出長線

你必須是一張黑夜
我才能成為發光的星
你要安靜地睡
為我的清醒描述意義

順其自然

想念都是自然的
嚐過皮肉之後
舌尖上駐紮著急的刺
配合季節榮枯滲出汗水
滋養暗影裡的伏流
等待下一次漲潮

翻開日常茁壯的原野
逐頁比對過曝失傳的氣味
想念都是真實的
容易乾渴的深處種一棵

以石屑為食的老樹
堅硬地活著，偶爾胃疼

黑洞情人

此刻的你大概還不明白
我們註定深愛彼此
直到世界早一步離我們而去

因為我們如此厭惡著世界
厭惡他硬要我們接受的
這一場快樂的雨

此刻的你大概已經發現
我們都曾經因為一個打濕的字
徹夜舔舐酸苦的指甲

我們曾經認真地錯認深淵
直到對方終於轉身
喊來日常警衛驅逐我們出海

那是我們的第一天相遇
頁數有限的史冊裡
翻找不出其餘的記述

將手伸向看不到的地方
學習那些沒有名字的深淵
抓痛安靜生長的疤

享受吞沒未來之前的歧異
畢竟你是傷害的最後一位門徒
而我幸福著你所恐懼的幸福

無懈可擊

為你打造了一把鑰匙
從來不曾帶出門
幫你走破了一條路
來不及回頭縫補

這個世界沒有穿衣服
不用拆穿
這個世界不常躺平
不需要假裝清醒

因為厭倦了連日大雨
所以躲進水裡呼吸
因為害怕浪頭過於鋒利
所以燒乾整片海洋

這個世界取消了名字
不必償還昨日欠債
這個世界沒有心
不會被你傷害

若無其事

昨日那個低沉的聲音
也拜訪你的夢境嗎

原來那並不是你
或者你比想像中自由

莫非那真的是你
倚著杯緣故作神祕

排出毫無新意的標語
就像每一次的你

既然你說了不是你
昨日的尾音何必在意

大概是你丟失記憶
回過頭記得翻一翻夢境

唉呀忘了你丟失記憶
床面到客廳遺落滿地字句

小時候都沒有學過嗎
玩具不玩了要記得收好

對不起又忘了你沒有記憶
日光底下漸漸變得透明

聲音也離開之後
終於一點不剩

黃衣女孩

熱帶寫生的那些年
女孩總在九點二十七分過後
打窗邊經過

用好大一串的玻璃瓶
敲醒晨間的色彩

每天早起
收集年輕的日光
掛滿明亮的岸

入夜之後
等一個人可能乘浪歸來

他說情感用得太濃
遲早把自己變得透明

我聽他說完話
來不及替他
將淡去的輪廓畫滿

平行宇宙

很難分辨是我的路比較長
或者只是路上細節太多
並不是隨時都有第二件半價
答案通常只能挑一種
固定的方格子裡
時間到了對空氣說一段
粗體加大的招牌獨白
伸手探進黑溜溜的邊框
掏兩片薄脆的擬聲詞沾芥末醬
隨選線上串流的老故事收場

如何堅定成為人見人愛的英雄
從當一個狂妄的腳本家開始
運用風騷的眨眼就能
讓全世界斷線，隔日忘卻
他們瘋狂按讚的大人物
不喝會死的飲料
每十三秒被引用一次的名言
暫停，闔上筆記本
先發表一份不逃離日常聲明
不能輕易讓人發現隱藏的身分

有些人比另外一些人
更需要理直氣壯地去說
我很好，真的很好
好到能夠用一塊錢的塑膠袋

把生活裝起來掛在指尖甩
讓所有人都看一看
我現在真的很好
沒有哪一個時段破了洞
專注力隨隨便便就流出去
夢的氣息輕易漫進來

最後一場戲恐怕不可能寫完
差一句話，最後誰也留不下來
缺少一個劃時代的理由
讓好吃的霜淇淋繼續旋轉
速食店的薯條依然是
稍微放一下就變得太軟
困難的是把簡單虛構為節日
簡單的是困難不需要重新認識

有些人比另外一些人更需要知道
明天開始流行的問候語
現在每一餐都能吃到珍珠
沒有人會在靈魂深處豢養珍珠

Room 501A／安徒生一號

人魚公主

我們將在昨天相見
追逐每一聲遙遠的呼喊
丟失輪廓與髮膚
堆高明日泡沫
像舉起甜膩的奶油蛋糕
重重印上一雙眼睛
明暗鮮烈的鼻、乾渴的唇
沒有影子的自己親吻
不再老去的自己
這一刻雲彩抱擁著珍珠
陽光筆直墜入海底

我們青春美好沒有讎敵
如果有誰反對
就把這一頁書翻過去
我們不該效法那些
成天躺在樹梢偷懶的魚
高傲而幸福是因為
他們把日子掛在臉上
染一小滴淚便撕掉重來
三百年後依然在浪裡搖擺
多麼不甘心感到喜悅
是被忘卻的十五歲

豌豆公主

敲響城門那一刻已經是
安排妥當的結局
朝著相反方向逃離
最終都會回到
句尾的皆大歡喜
有些命運親人
有些人追逐命運
你的夢境顯然不是
住在心裡那一個
更堅定的你堅持決定

美好令人感到窒息
不美好也只是你
隨手交付他人的雨衣
晾一個晚上就乾
你會忘記自己
曾淋著鋒利的眼光奔跑
在今天和明天之間
不小心跌倒，你會忘記瘀青
偶爾造訪博物館櫥窗
若無其事地
感謝一顆日漸乾癟的豌豆

國王的新衣

只要你真心相信美好
就能看見生活
當你擁有了一個生活
就不該去懷疑美好
像我穿著別人的衣服
相信自己很好
而且身上沒有祕密

你迎面向我走來
隨意抽長喜歡的線條

揉捏顏色與質感
搓出一種嶄新的雲彩
像明天不應該發生
像你已經擁有太多所以
從指尖開始你要帶走每一個
漸漸長出翅膀的標點

我最喜愛的容貌
被你帶得很遠很遠
經過冰霜鼻息
在荒莽眼神底下紮營
從有價值的袋子裡
掏出昂貴的細火
一點一點，緩慢揮霍
原地旋轉這麼多年

美好生活隨你走到了
很遠很遠，別說你沒看見

堅定的錫兵

我大概不會知道後來
流浪成為某種日常情調
一個牛皮紙袋裝著
收進簡單樸素的盒子
下過雨的日照角度
適合晾曬粗糙的質地
泡出陳舊的色澤
假裝自己漫不在乎

如果我比平凡更平凡
或許在你的眼裡有點特別

像走進西餐廳怯生生地搜尋一份
口耳相傳的品項
我應該早點讓你知道
我有一顆心，很平凡的那種
比任何平凡的心都更平凡的那種
雖然計算不出如何兌現
但你必須相信我
向來不願見你神傷

我永遠不會知道
那些曾經從我頭頂走過的選擇
選擇了不再選擇成為選擇
杯盤敲響彼此，歌頌
結局終於固定下來的故事
一個接著一個坐回書架

我不知道後來他們有沒有
決定不再決定任何決定

拇指姑娘

為你鋪上夜夢的河床
沿著浪遊開滿鮮花
早晨醒來要喝一杯露水
睡前編織光滑的故事
比前一天悠長
適合小動作踏響
若無其事拍一拍翅膀
假裝描述風的去向
拆一片無色無味的聽說
被合適命名之前
暫時放置指尖的故事

聽說有一種遠方的味道
最初清爽，漸漸辛辣
散逸之前會有那麼一刻
香甜得令人無法自拔
聽說你想調配遠方的味道
請先撈一匙纖瘦的美好
適量曲折提味，攪拌均勻後
輕輕灑進不再回頭的靈光
口感上的細微差異
來自於你僅有的選擇
只有這麼一次，什麼都別留下

賣火柴的小女孩

明天是哪一種香氣
屬於花園或者
屬於嘈雜的餐桌或者
屬於有話好說的人
對明天而言
加熱一匙呼吸都是多餘的
立刻從這扇門走出去
擁抱石牆
在摩擦之中
看見一瞬間具體的自己
擁抱自己

在摩擦之中
看見墜落在平地的恆星
擁抱恆星
在摩擦之中
看見邊緣磨出血的火光
擁抱火光
在摩擦之中
看見原本就堅硬的選擇
擁抱選擇
在摩擦之中
看見一去不回頭的擁抱
擁抱擁抱
在摩擦之中
看見明天是多餘的那個

冰雪女王

這麼多天過去了
佔領鏡面的人還沒有離開
晨起已是十一點半
依然咿咿呀呀
刻意踩響腐敗的日常

彎腰再起身
擺弄牽強的指甲
對你保持微笑
像你詢問他的姓名住址那樣
撐起一個區間

成分不明的暴雨連夜駛過
紅燈與綠燈驚愕側身，閃避
速度在眼角留下痕跡
更多速度拉扯乾枯的枝條
割斷血絲，區分呼吸與喘息
呼喊與嘆息之間的經歷

他對你保持微笑
丟出一個字，站成彎刀
真像是那晚的月亮
你還沒細讀的病灶原來
都是越長越高的旋角
那幾天過去了
你踏過刺痛的山丘
流出鋒利的眼淚

牧羊女與掃煙囪工

曾經和你一起擁有過
一個美好藉口
走去世界的盡頭
翻越字紙的背面的背面
對摺再對摺
疊高盡頭的世界

和你推開邊陲
以一晚為限
試探故事書裡的遙遠
直到你決定回頭

認下眼前這塊灰撲撲的磚
刻出好記的日期
旁人的敘述
星星偏離航道的角度
再說那些都是太遙遠的事

你說自己負擔不起
更激烈或者老派的追逐
回到確信擁有的方格
偶爾推開玻璃窗，偶爾遠望
沒有哪一個世界的盡頭
需要被記載在盡頭的世界

縫衣針

最後我會在你眼裡
躺下來，失去
僅供預期的遭遇
一如容易想見的劇情

你舉起我的方式過於輕易
日期加總後得出密語
缺少細節上的留意
你也喜歡摘取
夜裡伸展的枝葉

彈出美好的三連音，沒錯
那就是我在你心目中的姓名

你一轉過頭我就要旅行
沿著欄杆航向猜想的遠方

繞一個圓，你的字典裡
成就這世界理所當然的形狀
你只要一直向前我們就
遲早相遇，在你看得到的地方
偶爾扮演類似利刃的東西

醜小鴨

當白馬長出七彩尖角
無人留心的樹蔭下
與月色徹夜對話
你連漫不經心的漣漪都那麼篤定
所以我始終不敢告訴你
我最珍貴的是
一池無用的時間

當夢的岩層孤獨發光
緩慢划水向你靠近
只為了完成故事寫定的

一文不值的相遇
你的世界那麼荒唐綺麗
星星伸手摘下水晶
獎勵我在沉眠中航行

你期待糖一般的雨
降落在我的意料之外
為你徹夜舞蹈演奏新曲
離水羽翼敷裹著光暈
輕輕擾動未來空氣
預言我不能擅自謀劃
同一池無用的時間

夜鶯

該如何遙遠地告訴你
那些被你善待過的遲疑
今天都好好地醒著
徹夜練習詩行的第一個字
等時間遞送消息
為了你的歸來提筆
願彼時齒輪不再嘈鬧
沙塵滾落喉頭終須
面帶羞愧地爬回人間

你值得每一盞燈的崇拜
僅管他們只會發光
並不理解可敬的黑暗之中
是你開啟了一個世界
卻為了遲來的夢中雨季
重新站上樹梢
面對不難預期的背棄
練習用同樣溫暖的擁抱
安慰黎明到來之前
總是遲疑的信箱

紅鞋

沒有終點的舞蹈裡
途經遺彩的光暈
凝望不斷延長的狂言
我突然開口向你
問一個起始的詞彙

我竟然開口向你
問了一個失控的時間
看似婉轉動人卻毫不檢點

旋轉。奮力別過頭去
聽不見關上了窗戶你說
現在的人是多麼地
貪得無饜，其實你知道
當你決定了今天就是昨天
我便一天也沒有飽過

你也會剝開我的纖維嗎
玩弄賊性深重的血，或者
釋放每一滴天真無邪的
逾期未還的過夜純水

你也會品嚐我的尖叫嗎
最細的神經打一個結然後
沿著最粗糙的組織刻寫密碼

如果我不幸，那麼不幸
隔天輕易喊出謎底
請讓這道知覺從此作廢

傻子漢斯

決定今天先喊停
你的煎蛋很公平但是
咖啡對我存有疑義

今天的題目淺顯
可惜我還搞不明白
你怎能如此悠然自在地吞下
半座城市的柏油路
自己走去爐邊點亮紅燈
咬斷我練習許久的開場白
像對切一片鬆餅

如果巧克力醬畫好蝴蝶飛出去
你會毫不猶豫地拋出鍋蓋吧
像揭穿一個可笑的祕密
整個餐桌必須立刻
歡聲雷動，投票決定用一場
蜂蜜或番茄醬的大雨讓我
心甘情願沿著培根的紋理再次躺平

決定在夢的延長賽裡小心翼翼
攤開粗糙瑣碎的期待
交替塗刷奶油與草莓醬
畫出斑馬線，走過去
假裝今天終於有了共識

Room 101／徐來

年末年始

拉開今年最後的抽屜
來不及說的再見塞進去
願望和縮水的煙火
沒完沒了的解說和雨
盛滿紅蓋子的鐵盒
依循特定的角度塞進去

離去的時候
記得點滅路口的燈
冬天只是早一步先去前面抽菸了
沒有要放過誰的意思

雨的來歷

躺在寬闊的長河裡
集文明之大成
在殺手橫行的城市學飛
鑽入沒有盡頭的管線
沖刷經年的憂傷

反覆進出皮囊
演繹生命的性格
短暫歇息濃稠的旅店
認識幾個靈魂食物
學習不同氣味的語言

洗過虔誠的手
洗過搓揉舊鈔票的手
掌紋和溫度沒有太多不同

洗過答案匱乏的手
洗過慌亂的額頭
加重筆畫最繁複的字
然後無聲離開籤紙
像推開大門無人挽留
意志力割破乳白色的牆
袒露風化的祕密

忘不了青銅色的他
再也找不到同一張臉龐
光潔得沒有多餘欲望

今天的臉

和昨天不太一樣
有空的話就留下來住
多聊一些無關政治的政治
喝幾杯放到明日的可樂
睡著了要保持清醒

下顎比較寬廣
可以種植一排防風林
採摘分岔的時間
沿著海岸線刷亮浪尖的牙

十一年前的今天也是這樣
情緒瘦在剛好的氣候
兩道側光穿搭得宜
不時依據旁觀者的角度
交換眼神和唇的位置

額頭沒有發現斷層
隨意翻身不會倒灌夢境
表定就是這幾天
安穩的表情發動遷徙
攔截順路的暖流展開遠行

第一滴雨

我感覺自己今天
離太陽比較近
幸福似乎有點過火

大概馬上就要變天了
你還是應該繞路買一杯咖啡
但是先不要帶傘好不好
我很快就會下去

我很快就會

望塵莫及

夢裡有個奔跑的人
不知道什麼時候能醒
追趕時間的背影
把自己跑成一條路

從沒真正見過那個人
當我那天站在
黎明色的邊緣躲雨
以為找到了路的盡頭

總是趴在地表許願
多麼渴望撿到一絲信念
握著不會碎裂
害怕的時候不溶於水

還是算不清楚距離
究竟是追逐比較徹底
或者應該轉身
回到原點和你假裝巧遇

午後陣雨

想念一場發燙的晚夏
你是對面座位上
將要失溫的半杯茶
聆聽我棄絕理智地咳
偶爾晃動海平面
試著拉直水底的預言

愛讓彼此寸步難行
地底悶燒的病灶
迷路的雪片
去不到你說過的國度

溫柔是寫在船票上的距離
筆畫繁複的語言
拒絕懷疑的人登岸

你把那裡的生活
那些把寫詩當成生活的動物
描述得都太像真的
你把日常的雨
形容得太過乾淨
彷彿只要能夠被淋濕的
也都期盼著被澆熄

你是不常露臉的彩虹
捧著厚重的鏡頭
欣賞主角缺席的大場面

你說過那位擅長惡戲的神祇
始終躲在角落裝睡
懶得收拾逐漸痊癒的潮汐

暫時放晴

先給信仰一點鼓勵
再徹底淋濕他們的心情
意志捉摸不定
才會被尊稱為神

日常濕度

雨水剛開始在水泥地上寫信
一個厚重的呼吸令我突然想起
充滿鹽分的日子曾經
將我們在半空高舉，如同開出一個
容易老去的玩笑

扶梯上漂浮著細節與碎浪
一個遲疑的呼吸讓我重新看見
你那日漸灰黑的背脊
像適合初學者攀登的拋物線
姿態渾圓地接住我的嘆息

孤獨的詞彙在遠方降落
你的笑容是火燒的日光大道
默契在鐵盒子裡膨脹
我是那麼期待多餘的青春在眼前解體
沿海岸線收集新學的口氣

扣留褪色外衣，交換窗框反覆晾曬
在你的眼窩裡練習基本動作
一個模糊的發音是你依然堅持
雨水寫滿整張信箋之前
精心縫補瀕危語言的毛邊

鋒面通過

趕走了最後幾個
不切實際的夏日情懷
夜夢終於變得整齊

冷空氣向來公平
大家有目共睹

過度換氣

來到不允許呼吸的時間
像那一場激昂的競技
暴雨與晴朗同樣節節敗退
世界還沒發生
沒有在誰的記憶裡保存賽果

每個世界都有專屬的
最後一天，而你
終於完成他們的期望了嗎

霜降之後

缺少擁抱的夜晚
整面牆的書都令燈光
不敢用力去翻

誰隱隱約約記得
右手邊數過來第七本
收藏著經年的雨滴

別因誤遞責怪任何人
每一窪模糊的地址
都住著一位常哭的神

眼淚無關妒忌只是
喝多了糖水
過分幸福的角色閃神

有些人之所以進入世界
為的是讓人看清楚
有些人並不適合世界

夜晚因等待而完整
用每一個噴嚏
將清醒越推越遠

遇雨順延

我們從地圖上很遠的地方來
往一個人不多的地方去
路上沒有可看的風景
也許有直達的車
但那會讓接下來的指示失靈

過了前面那一站
乘客大概會下去一半
你會從這列車廂的前排
走過來跟我攀談

走完這條海岸線
就會抵達終點
如果在那之前其他人都離開
你大概會向我表白
如果那時沒有雨
我會遞給你一封手寫的信

微塵圍城

當太陽戴起口罩
耳語沿著軌道奔跑
你收進書冊裡那一張
遺失了年份的船票
還能承載多少
咳在喉間的承諾

找出可靠的答案前
能不能再做一個輕巧的夢
當時間繞著排水孔
堆積逐漸灰黑的詞彙

能不能在水泥牆上留住
歧義飽滿的詩句

點亮寬敞的玻璃窗
櫥櫃裡翻出碗盤刀叉
鋪張紙面上的海洋
挑選你用指尖反覆描繪的明天
當長夜提著寂靜獨自出發
你心底那一個遠方
是否也在閃神間老去

當世界失信於你
你是否曾依約
返回最初的路口
站上恐懼的分隔島

化身一匹載浮載沉的斑馬
你是否也遲疑
當空氣如此鋒利
應該立刻接吻遮蔽語氣
或奮力擁抱保護心音

Basement／何留

手壓泵浦

你的心底沒有多餘的水
日常沉到深處，結為塵埃
每次呼吸都像收集
整個世紀的嘆息
你在心口塗滿青草色的漆
疲憊的肌膚邀請往昔的衝勁
補下一盤記憶裡的棋局
等今天過去，等無能為力的今天
像昨天一樣過去

逐日延長你的午休時間
摩擦缺少潤滑的關節和語言
讓舊願望和新期待學會知難而退
你最近變得比較喜歡雨天
喜歡雨水沿肩頸簡單描述細節
想像神色匆匆的伏流
像今天一樣過去
總有一天回來坐坐

煎一顆蛋

倒油下去預熱的這段時間
你約了朋友見面
你在大馬路上自信跨步
大方和路人交換皮屑
彷彿互相拍了拍肩
爽朗而靦腆說一聲有緣再會

挑一顆容貌姣好的橢圓
從冰箱走到平底鍋的距離
足夠你對著信號燈
打一個噴嚏，承認自己

今天比昨天更老一點
但是跟世界相比還算可以

感覺空氣薄脆了就翻面
你喜歡不太熟的模樣

但是期待只能裹在中間
小心分開日常金屬與留白
小心聽出細微的風聲
在矮牆底下轉著燥熱的圈圈

美好的一天應該是個飽滿的圓
盡量收攏凹凸不平的知覺
不淋醬油不灑鹽不沾醬
吃不飽其實很正常

你將週間的食糧留在廚房
帶著胃口出門去忙

不是情詩

我想我已經說得很明白了
孤獨很好，同學你給我站住
是不是你大半夜在打鼓
都幾點了，孤獨得那麼熱鬧
掌心裡面都藏著什麼
說過好幾次了不要
隨隨便便叫外送，那些都是
不營養的東西你忘了嗎
我說的話你也忘了嗎
昨天隨口答應的事是不是全忘了
打你，我的手也會痛

不打又怕你不懂
痛，算了你真的不懂
留校察看，一路到天亮
徹夜罰寫我的名字
我的名字，我的名字
抄滿一整張稿紙
不是你的電話和地址

我想我已經說得夠多了
雖然孤獨真的很好
但我不喜歡用一顆英文字母
在他人面前指涉你的遲到早退
因為我喜歡你，喜歡你，喜歡你
找不出哪一個缺乏意涵的空盒
不在午前輕易腐敗

又真能夠裝得下你的把戲
明天大概又會餓著肚子
翻閱報告和週記本
找尋沾有你掌印的答卷
選擇題照例全對但是
中論題只得零分，除非你
點亮自習室的球燈
為我的隔夜等候唱一首歌
唸到的同學請上台領獎
讓我們邀請最最孤獨的校長
頒發這份難得的殊榮
奏——樂——

魚缸世界

你給的世界沒有風浪
一眼就能看穿淺薄的岸
反覆破解水草的謎題
除了假裝迷航
還有太多時間需要打發

這裡不存在其他存在
永晝的邊境你說
隨意挑選一個方向靠近
輕吻過玻璃
已是最美好的愛情

你給的世界通常是眼珠造型
有時邊緣如尾鰭堅定
偶爾牙齒一般鋒利
顏色混濁的地方沒有隱喻
或許是傳說中的陸地

雲彩身邊那些矮矮的浪
先後搶拍宇宙通訊
刷洗眼珠的那些日子
總是一個不小心
揮霍了庫存的想像力

世界流出苔綠色的血液
你指認微小氣泡
對訪客說那些都是魚的嘆息

溫柔擁抱你的玻璃缸
以為溫暖了一條憂慮的魚

幽靈水母

今天大概也像每一個昨天
饜足了浮游生物後
賣力搖動身體
迎向邊界的光圈

重新想起自己的身體
與你手上的糖果紙沒有區別
而且沒有
甜膩的記憶點

永恆角度

高原那塊美麗的岩石
始終嚮往著天上的身體
雨水流乾的那一天
他拿起雕刻刀
把自己敲成眼神無光的
沒有翅膀的新科天使

冷的時候比較高
曬太陽的時候比較會笑

仁愛幹線

快步踏進貨櫃箱
提前航向午後昏沉
收攏烏雲毛邊
在心裡緩慢下雨
打濕一條老路
水花記錄來時腳步
打濕半空的軌道
為夢境細細打磨河床
打濕一個問號
收進瘦長清單也許
還是年輕時的驚嘆號

黑色身體緩慢下雨
點一個頭就放晴

手機密碼

你不知道後來我只要遇見數字
就得停在斑馬線上沉思
回顧你是那匹趕路的斑馬

遮蔽一半的光亮
留給我一半的填空題
答不出來也不允許放棄
用完所有機會是基本美德
提早交卷的人通通會遭報應
你是那匹警醒的斑馬來來去去
我一直以為你的來意是傳遞隱喻

四位數藏在節奏錯亂的腳步裡
不夠專心不能解開掌心祕密
撕開臉上那些反光的材質
你就會對我無條件誠實
回應我一半的是非題
點醒一半的暗影

週而復始

為了說好的幸福
決定一個共同關心的主題
我們要不斷地製造孩子
彌補失落的距離
假設不存在的需求都是
不容易說出口的心事

為了說好的孩子
規劃一個理智的時間表
我們要不斷地跑出新紀錄

追回輸掉的距離
假設未曾到手的勝利都是
沒機會留下來的把握

為了說好的新紀錄
填滿一個虛無的空間
我們要不斷地延長對話
擴張停頓的距離
假設將消逝的熱切都是
快一拍破了哏的驚喜

為了說好的對話
專注一個過於氾濫的文法
我們要不斷地想像幸福
詮釋冷卻的距離

假設缺了角的記憶都是
無意間賣關子的標點

兼善天下

你正在前往擁抱的路上
而我忙著將日子
歸納成一句話

你看起來比我有信心
背景音樂響起時
不至於成為碎裂的那一句

可是你看起來比我孤獨
深夜奔跑的節奏
把喘息串成環狀線列車

難道你真的比我堅定
世界愈多嘈鬧
愈在老去的步伐編織舞蹈

總有一人不能擅自離去
若你不在前往擁抱的路上
就是早已完成了擁抱

壞的可能

感謝每一個十二月
盡可能拖延細節
必須熟稔的數字還很遠
推開鐘面就是
不均勻的腳步聲

憂慮是尋常的暗影
磚縫裡指認老去心願
黃昏不會回來了
消逝的香氣
不能再磨出玻璃砂

翩然降臨的灰白記憶
但願來得再晚一點
最後一刻抵達疲憊的房間
覆蓋燭火
結束這場狂歡

發現時間總在相互欺瞞
是最接近幸福的一刻
還有什麼場景
比墜落更接近答案
危險的快樂紛紛抬起了頭

幸福果實

幸福是一串發光的果實
結在最高那棵樹頂

選出最不幸的人爬上去採
配一杯光澤豔麗的水
讓他在掌聲之中
獨享所有幸福

無事返家的路上
遲到的記者攔路提問

問他果實味道如何
他回答說忘了
問他幸福是什麼滋味
他感覺還有一點餓

互相治療

在護理師的筆記裡
我們都是患了病的人
隨處收集羽毛
還不肯乖乖吃藥

等待一個鑲著金邊的時刻
我們嚴格要求自己
永遠永遠
保持美麗的坐姿

當美好的人來敲門
我們就能得到飛翔的資格
逆著憂傷的風
成為被譜曲傳頌的角色

住進來那天是清晨
我記得
你為了我羽化成為天使
而我早已是另一個人的天使

Room 501B／安徒生二號

小伊達的花兒

這幾天我都睡在抽屜裡
念誦著你的愛情
刻意錯讀花的香氣
是的他們只是
偶爾出來散步的
悶得太久的小鎮居民
或者他們只是
你不必喊出姓名的
預定下週遠颺的一群
姍姍來遲的美麗

我喜歡你對我的遲疑
藏不住花粉色笑意
這幾天與簽字筆同居
日期寫成金句
用底線織就長堤
這裡沒有暴雨的情緒
但是一個恰到好處的噴嚏
足以催醒悠遠的宇宙
提前大半輩子
攜手墜落的星群換季

天國花園

後半場的清白再等一百年
我寧可漫無目的地墜落
趕在腐敗枝椏長出無味的花之前
早一步在你的高牆摔碎自己
毀壞你的純粹
扮演不能落敗的死神

擺出背德的心臟與長脊
任由四方旅人出價
務必給出最漂亮的答案因為
不滿意的日子註定反覆

不想見到的人肯定會回頭
我沒有更好的方向
你也只能適時閉上眼睛

當遲到早退的風翻開行事曆
草率決定無心的你是我的遭遇
我的每一個呼吸都是罪行

野天鵝

我的夢境沒有聲音
日出前緣浪頭依序跑過
細火燒灼的秘密
勇敢的字句教人疼痛
不一定釀成美麗
腳步堅定也痛
而且時間總是不夠

你送給我一枝
乾淨無謊的羽毛
不能種在苦澀的土壤

我的沉默不夠幽暗
夜裡過於張揚
白天又飛不起來
是你毫不猶豫地向我
伸出了一雙手
我也只能低頭擁抱
再找下一個遺憾的承諾

飛箱

燒完貪懶的火柴
故事轉身離開廚房
你在翻頁前攀爬
最後一座鍋島
成了漂浮在半空中
最後一個見過我的人

煙火慢慢墜下粉末
掛起豔紅眼神
飛過天使墜落的走廊

熱鬧裡住過太久
你還有好多話可說

我明白你的美好經不起等待
日子最終不得不揮霍
你擁有一座森林
我有森林的影
我們下個世紀的相會
差一顆偏心的火星

影子

不告而別多年之後
我們之間的溫差
拉開了距離，你說
光害嚴重的地方
依舊適合深居，適合
偶爾交換觀看世界的角度

你在旅程中遇見了詩
笑著對我說那是
值得一場雪和半張霧氣
大肆慶祝的美麗物事，你說

打從遇見詩的隔天開始
你在每日結束那一刻
朝背後拋棄一個詞

比如今天過去之後你要
重重地摔碎困難
比如昨天過去的時候
你也不知道自己丟了什麼

我在你的眼裡或許
和那些忙著死的人沒有不同
那麼踏實地去操煩每一件
黑夜交代下來的良善
才剛捏圓就在掌心過期
你卻拿出舊報紙打包帶走

公雞與風信雞

你忘了帶走的句號
我沒有真正接住

季風不時回頭而我
每一個缺乏自信的舉動
都在他的掌控之中

我不能假裝那些
曾經拒絕我的
太陽雨、冰雹和火燒雲
已經被我擱置

他們開口閉口全都是
關於你的老派壞話

我怎麼可能不繼續深愛
這些令我鏽蝕的荒誕
像與你碰面時那樣
每一個字令我原地旋轉

豬倌

我還是堅持你的吻
必須正確被擺放
瓷盤不宜擦拭得太亮
當然也不能髒
必須恰到好處適合你
面對真實的自己討價還價

你的抽屜隨性收藏
永遠豔麗的紅花
不能飛的金屬翅膀
困在玻璃珠裡的眼光

但我堅持你的吻
必須正確擺放
平整地疊高，淋上醬料
像你早餐喜歡的那種
容易發胖的好聽話

你一定有專屬的瓷盤
用不到的多數時候
棲息在櫥櫃最高的地方
你的留白很寬敞
卻容不下一個人作畫
所以我堅持你的吻
與其被我磨蝕光芒，不如
出去吹風曬太陽

小克勞斯與大克勞斯

我不想在五秒之後遇見你
出現的時間那麼正確
那麼精準踩熄路邊的恨意
卻說是我，都是我太不小心
才讓你笑得不費力氣

我想倒轉五秒說一個謊
謊言編造夠多就有機會成真
比如避不過遇見你
比如你又一次葬送了我的恨意

比如暴雨沿著我的背脊
揮軍北上，你被淋濕的笑意
依舊比我的語言清醒

我想一路退回開端
拔高竊居石磚邊緣的草
只給最新一批接近天國的視野
卻不勾選離地的條件
恨意如同禮堂內的掌聲
只需要一個濫情的眼神就能
滾到你的腳邊

我看見五秒後的你又一次
對滿地的恨意不屑一顧
我已經這麼努力

死在你的手裡也只是
滿足最基本的公平而已

各得其所

又是新的一百年
我仍是白紙
不會唱歌的筆在指尖旋轉
雖然也有流行歌的架勢
但我還沒弄懂
誰應該坐在你旁邊
頭頂著一片晴天
左右兩側分別握緊
過去的未來與
不必重來的過去

什麼時候你才下定決心
將佔據牆面的
無聊空氣收回口袋
與其讓挑過的客人欣賞
不如隨身攜帶
遇到拒絕發芽的時間
直接砸在他臉上
站穩正確角度
感受理所當然的光榮
我的一百年沒那麼複雜
你不需要測量真相

柳樹下的夢

我們在友人生日上
探討無論如何
都烤不好的曲奇
碎成昨日的磚瓦並且
焦黑得像你現在的表情
從來就不可能像極了
其他人以為的東西

多希望曲奇只是一個
沒有任何重量的
可吃也可以不吃的隱喻

儘管我從不是那種浪費的人
浪費掉了的時間我都留著包裝紙
逐一貼成表格，畫滿邊框
浪費更多的時間
讓時間看起來深刻

我們在友人的生日上
說了再見，很普通的那種
再見，有空記得約
如果不是那一天的陽光
滴落在臉上過於冰冷
我怎麼可能發現
夢中不斷操演的戲裡
你只是我與我自己
打盹烤壞的時間

一個豆莢裡的五顆豆

當你終於跌進太陽
世界用力閉上眼
擠不出淚的一整個月
我獨自剷平雪山
再種半座湖海

水面浮現你的未來
泡沫弄髒的部分
我會拉長逐日的嘆息
賣力清除癢與邊緣

我收集來路不明的風聲
建築春夜與一横窗台
你該在我的等待盛放之前
滾著嫩綠川流歸來

你曾期待的家居儘管
不可能受得住下一季氾濫
每一回盲旅都教你明白
在繁複的時間裡
只有疼痛從不多餘

她是個廢物

沒有接住這一滴汗
全城淹大水
多麼像傳說中
消失無影的文明都市
我曾在塔樓間與你
假扮無數次有幸的風

點起最後一根菸
大樓接連失火
那一天我還以為是
城市終於記起了我的慶典

你在蛋糕中央插滿蠟燭
稍微多了一點但是我喜歡
斑馬線也準備好了
黑白鍵敲出一排讚美詩

握不緊胸口的鈕扣
地球被鑿穿了孔
我倒著望進去
那一頭的人倒著行走
倒著吃飯，倒著洗衣服
他們習慣倒著說話
活出了顛倒的美
比如善良，比如勤懇
比如待人溫柔無謊

老頭子做事總是對的

不再回去鐘面賽跑了
讓出世界之後
面窗角落裡坐成
兩張話不多的搖椅
在僅剩的日子裡擺盪

咿呀向前擁抱陽光
交換微笑，咿呀向後
影子懂得害臊
抓緊時間偷偷牽手

天一黑，餐桌就亮了起來
尋常的信心曾經造訪
與生活吃一頓飯
不小心住到忘記離開
幸福當然值得四處分享
偶爾歇個腳
也不至於被誰責怪

再也沒有遙遠的他方
從今夜的星空走去
平靜無波的眠床，中間
延長著一個吻

Room 403／吳回

仗已打完？

給我再多一筆感觸，我希望
今天就像後來那樣
沒有誰站在底下攤平虛構的網
點燃傳說的邊緣，催醒夢的曠野
現實與想像同樣稀薄
當語言逐漸微弱
率先停止搓揉理由
當誤解撐開皮囊，裝滿空氣
請替我放手點破時間
朝向在乎的眼神緩慢流乾

給我再多一道選擇，我希望
後來都像今天這樣
倚著相同的情緒躺下，換個地方深睡
發現自己越過前人肩膀
是因為腳底生出沒人見過的傷
不痛，只是摸起來有一點燙
夢回繁聲忙碌的窄巷
沿月光的舞踏越走越長
請替我喊停音樂，摘去嘈雜的鞋跟
我已轉身躍入截斷空間的深谷

箱子裡

坐進一個文明的箱子
和有教養的人們面對面
假裝自己同樣是人

剛才，男孩吹響高亢的想像
用他們國度的語言
替我喊開大門

額前懸掛髮捲的少女
深怕煩惱來得太遲
映襯不出青春的蘋果光

我將尾巴塞進牆角，謹慎呼吸
放出友善而低溫的眼神
試圖辨認自己的同類

駐紮在額間的疲憊
正護衛著一個瞌睡的位子
和夢中幾種安穩的名字

大大小小的螢幕在半空晃動
他們不需要描繪臉孔
卻都佔有人的手腳

輕巧的笑聲撕破空氣
由遠而近，閃光燈依序亮起
像極了海面上的夏日花火

他們發現了我的腳印
或是我在倒影裡讀詩的表情
過於尋常反而顯得異樣

男孩鑽過封鎖線
用零碎的單詞介紹自己
模仿圓熟語氣說一句，歡迎光臨

為了你好

眼淚被收走之後
就不會哭了
忘卻哭泣方式的話
也不需要眼淚了
活著是很簡單的事
都不該學會
喊痛要用什麼字

以愛之名

大聲告訴所有人，愛是壞的
愛是篡奪身體的古老疾病
說愛是一場令城市掉頭髮的雨
妄圖翻覆僥倖的文明

說你挺身抵抗愛的蔓延
漏夜打造累世安穩的堡壘
說想像是可怕的誘惑所以你舉槍
瞄準高舉畫筆的人
要他們攤開手掌
不准在荒蕪的牆上畫出色彩

因為美是眾神狂熱的競技
因為愛是災厄的果實

大聲告訴所有人，愛是惡臭
一顆落地的蘋果腐蝕明日土壤
大聲再說一次，愛是壞的
說完就拉上窗簾，拒絕再看天空

傾城

聽說在多年後的不久之前
愛人誕生於流言四起的年代
洪水猶未淹沒城市
曾有許多愛人在路上
敲響自己的頭顱與肋骨
連夜呼喊，尋找那盞怕冷的燈
為保護顫抖的火光
撐起同一把傘，抬高希望
抵擋支離的字句沿高樓不斷墜下

年輕的愛人寫過沉甸甸的文章
書頁壓出水分，鎖進艙底的大木箱
隨身攜帶拍壞的老照片
卻說那是畢生最滿意的一句詩
聽說在多年前的不久之後
陸地下沉，海面湧現滾沸的浪
愛人帶著自己的名字走到街口張望
當城市退至文明邊界
忘了是誰看見愛人眼神中有理想
遞出一顆不堪負荷的諾言
種在掌心最粗礪的地方

聽說愛人幾乎落空所有願望
唯獨緊握手中的記憶無處安放
長成盤根錯節的荊棘，開不出花

後來愛人從歷史圖說找回自己
收容那麼多流離的故事
終於成就了一座失所的城
後來愛人看遍不鹹不淡的小說
時不時踏足他人筆觸，探望約定的家
用愛人的名字，呼喚早已過季的花

過日子

推開記憶模糊的門窗
你從我的面前走過
穿越氣味依然紛雜的藥櫃
那朵種了二十多年的花
豢養在格子窗的曆法底下
一頁一頁撕去正午陽光
一片一片抖落鋒利的腳步
你說這樣不能算差
讓不羈的顏色淡一點
日後花瓣也就不會
萎墜得過於淒美

你拆落盤上的算珠
擺妥平易近人的模樣
那些是什麼形狀我不懂
看著像海蜇又像蕈菇
總之絕對不會是傘
你明明記得我們常去的菜館
卻微笑著說再稍微找找吧
繞過半座山又嘆
今天大概是不會開了吧
不如回去電影場景
趁早歸還借來的容顏

時間教會了你一些事情
比如準點熄燈
比如不再討論諾言

配一杯無色無味的雨水
定量吞服無毒的藥錠
比如習慣沒有潮騷的海
倚著人魚絕跡的水泥岸深睡
時間教會你的事並不多
夢裡你依然從我面前走過
拆落盤上的算珠
定在檀木桌面，轉一整夜

沒那麼嚴重

他們來的時候是白色
像美好的紙張洗去所有
拒絕擁抱的字
馬蹄踩過鐵道與扶梯
夜裡傳來舞踏聲響
沒有多餘的人在廣場上

他們笑起來都是白色
像消毒過的裹布
密密纏住肉身出路
要鮮血沿著迫切的皮骨

開出豔麗的牡丹
他們像白色那樣講理
有資格的人無異議通過了
減少幾種污濁色彩
當紅花即將綻放
戴上純潔的紗，不要說話

他們像白色那樣舉辦
務必全體參加的世紀婚禮
當偉大的名字
從扯破的傷口流下來
與會者請高舉雙手
高聲唱和喜慶的歌謠

危城

時間帶走最後一道光
我們成為命運的局外人

他們穿上我們的衣服
模仿愛人的聲腔
為失眠的眼睛編織無盡頭的夜
替怕黑的呼吸燒熱城市空氣

他們帶走了溫柔的土壤
用沒有名字的種子

要我們在黑夜最黑的地方
開出寧靜的花

將恐怖的名字分送每個人
從此就不會再孤單了嗎

火藥吻過自由的窗
從此也變得自由了嗎

孤城

曲折的山路上我們點燈
談論著一種不存在的快樂
比如若無其事地乘車
比如咬定日子悠長得過分
應該更揮霍地呼吸
握在掌心的乾淨空氣

遠處又有一顆星星墜落
看著美好得毫不真實的弧線
明白沒有形體的生活
終將從我們的背脊踩過

此刻商鋪裡擺賣一款
容不得拒絕的新鮮愛情
用我們身上的肉造一顆心
血淋淋地捧在手中
向我們訴說等候讚美的幾分鐘
如何讓他全身上下都覺得痛

路沒有盡頭我們繼續走
想像另一種不存在的快樂
比如言不及義地說笑
比如發現日子平淡得誇張
必須自己灑上胡椒
才有那年夏天的味道

末日時鐘

如果從浸濕的褲管擠出雨水
灌溉遠方燃燒的森林

如果在陷落的傷口高舉一盞燈
替將來的人成為起點

如果各自節約一次呼吸
多留一步給走得最遠的靈魂

有沒有機會等到他回頭
感謝大家努力過最後幾分鐘

偷偷對你說

給我你的痛
陪我一起上桌賭博
只有我可以對自己殘忍
而你不行

有人的地方多美麗
雖然美麗的背面就是暗影

選擇了對世界誠實
我只能用盡餘生
向命運扯謊

如果遲早有一天
在未來的門前
我會斷失了腳步
你就當我是過路的風

而我記得你是蜿蜒的河
最冷寂的沙城
都陪我一起走過

二零四七

後來我試圖回溯這首詩的開場
掀開無人聞問的信箱
你取消了自己
字句不再流經掌紋
我會用幾段話把故事補滿
無關結局好壞

在我們共同擁有一分鐘的今天
你駕著記憶的船出航
而我依舊守著光影凜冽的
很快就要消失的門

等你從樹身的房間歸來
帶回失血過多的花，或者
裝滿新鮮羽翼的玻璃罐

我已經習慣收藏你撿拾的一切
包括你曾喜歡的，來不及喜歡的
過期的承諾與念想

窗花和磚瓦都有數字
好似不遠又不近的密語
伴你活過沒有意外的年代
提前翻閱約定中的日子
若你途經海潮噤聲的月相
請不要害怕做一個痛苦的夢

我們最接近的時候，距離
只有一個燠熱的盛夏
旅客在晴天披掛厚重的雨衣
暴雨中戴上太陽眼鏡

我連飲水都想著離開這裡
卻記住了每一片地板的質地
海平面的空氣捉摸不定
潮濕總是帶著危險的隱喻
最後一顆句號靠岸前，我懷疑
即使那麼擁擠地站滿甲板
我們也不可能喊對彼此姓名

濃霧遲遲未退的早晨我們清醒
像深睡了半個世紀那樣

蒼白，而且清醒
你說的笑話總是鋒利
而我流淚的時機
太早或太晚都不行

成城

今天我們是什麼名字
能不能在大街上坦率相認
會不會有人舉槍
瞄準開在掌心的花
明天我們是什麼名字
如何成為一個更善良的愛人
用什麼樣的語氣呼喊
苦候著真切擁抱的愛人

昨天留下那麼多折斷的夢而今天
今天不過是個適合散步的日子

如何成為一個可靠的愛人
明天的太陽終將刪去今天而今天
今天我們的名字是懷疑
盡責的愛人傳來堅定耳語
懷疑是相信披上了一件雨衣
從前筆畫清淨且充滿餘裕

如何再次成為一個有信仰的愛人
當我們在自己僅有的角落
退到沒有空間可以再退一步
今天我們的名字是磚瓦
貼緊夜色擁擠的地表盛世
今天我們的名字是鋼筋是混凝土
填補日漸衰老的高樓縫隙
沿水平面蓋起一座新的高樓

我們的塔尖並不指向天空所以
不需要回聲精準的鐘
今天我們的名字是城市
留住星星墜落的聲音
流傳祕密於曲折的語言裡
明天我們仍不能夠解答
如何成為一個值得的愛人
但是記住此刻面容
今天我們的名字是愛人

Room 301／張惑

雨的週期

——《母親！》Mother!

濕透的舊報紙
沿著土壤的聲腔
生出昏黃的花
我還沒有讀出心跳
你已經把窗剖開

河流沿著牆面開出天梯
有些人開始向上溯游
有些人還等在門口
我問你該不該請他們走

你說你忙得騰不開手

有幾件小事我惦著
暫時不打算說
比如我喊你的時候
你並不抬頭
比如我問切你的心事
你蹙著眉頭說沒有

隔天我們也許一起醒來
或者也許我不會醒來
你要記得關心少數幾枝
還學不會說話的花
你要記得當雨下到第七天的時候
會逆過來流

原地踏步

——《金翅雀》The Goldfinch

重新死過一次就相信了
活著大概只是
找一根窄短的木頭
久遠地站著
假裝看向遙遠的地方
練習好看的姿態

離開也是好看的吧
進兩步，退一步
好呀盡量往前跨出大步

反正一覺醒來
全數歸還時間的破口

活著大概只是
留一個厚重的場景
用力地抱著
深信沒有誰更清楚
夢魘裡的細節
假裝已經走了很遠
遠到終於可以說服自己
原本就走不太遠

晴朗的是

——《陽光普照》Sun

之後，太陽出來了
一片陰影躺在人間動物園
兩片三片盪在呼吸之間
扼住時間的咽喉
此刻不允許再一片墜落

守住格線描繪的窗
等太陽必定出現
當願望齊步迎向盛大的光
陰影墜在後面那張臉上

一片陰影蹲在樹底
兩片三片就決定休息
有誰已收拾完餘光
請舉手，有誰
願意順便帶走方向
請繼續舉著
分岔的字句即將離去
想清楚了再開口

繞過尋常正午
人們一一抬起了頭
眼底是無瑕的痛
有誰曾經見過完美
請舉手，有誰

沒在完美面前別過臉
請繼續舉著

青春撤退
——《地下狂熱趴》Beats

夏天沒有帶走漫長的疼痛
後來我們還能遙遠分享
節拍踏在紙上的形狀
當那些名為現實的光線打開我們
宣告各自抵達符合標準的床位
記得敗北的天空底下
是你堅定陪我找到角落

當那些名為國家的字眼指向我們
有沒有更多時間讓我替你

撐開一把灰白色的傘
雖然是世界最後的顏色
至少比日常溫暖
比宣稱保護你的水泥高牆
更柔軟地遞出一個擁抱

一路奔跑
——《地久天長》So Long, My Son

現在說好的都是遙遠的事
就像後來答應的也是
遙遠得像檯面上的瑣事

當故事被說盡了
流一滴眼淚也就夠了
那時候啟程的孩子們如今
如今跟著歡聲舞踏的車
也都一一到站了嗎

現在說起來都是遙遠的事
就像以前看過來也是
遙遠得像別人家的故事

觀眾來過又離開了
記憶兀自在半途揮汗如雨
等其中誰先喊停
小心翼翼交換眼神
細聲洩漏明天
明天還有新的選手踏進軌道
繼續為了未名的想像奔跑

真空場景

——《風暴過後》The Most Beautiful Couple

讓我好好看你，背脊上
灼熱的不安燒出形狀
喝一杯水，刻意平穩入睡
假裝日常依然正常
不安的浪翻過這一天後
還有其他猶未征服的地方
讓我好好看著你
假裝過活約略等同於生活
除了此刻，哪裡也別去

讓我好好看你，盡量相信
世上沒有一種疼痛不能被治癒
憤怒與恐懼都只是比較燙的
惡意的疾病，就像眼睛裡
時不時敲碎的玻璃燒瓶
屏住呼吸，等不安的浪翻過去
這一天就會漸漸好起來
如果你還記得
好起來是什麼樣子

潮濕的是
——《那個我最親愛的陌生人》Synapses

穿在身上的記憶如果
還能用力擰一擰
擠出一滴墜在藻綠色的盆裡
落進臺階縫隙
屋腳伸長漸老的根
早年的雨水終於
尋回牆垣的心跳聲

牆上寫字，海潮聲中擁抱
留一個溫度，逐日遺失對象

日常在長廊窸窣
指尖逆風走過胸膛
昏黃燈光底下涼了很久
勉強餵飽現實

不願離去的雨水
給一面牆讓他們住下吧
喘息之間留一個方向
輕易離開的雨水
還會回到出發的地方吧
記憶如果來自海洋
不妨早一點踏上歸程

誰能保證稜角分明的夢境不是
比往昔更真的荒莽

誰能保證擦出毛邊的生活不是
勾住眉尖的謊

太陽簡史

——《關於艾瑪》Ema

回到虛無
虛無所以創造
創造於是愛
愛繁衍諸多體態
體態相互拉扯
拉扯中摩擦生熱

存在即是世界
一律崇拜

熱是行星歸宿
歸宿冷卻
冷卻令行星陣痛
陣痛領悟節拍
節拍是軌道
軌道上沒有脫逃

存在即全部
一律旋轉

脫逃是火焰
火焰貪美
美詮釋永恆
永恆建築秩序
秩序的本質是毀滅

毀滅至徹底
徹底回到虛無

空白之處
——《夕霧花園》The Garden of Evening Mists

點亮霧色裡的燈
踏遍水岸曲折
打濕勤勉的雙足
讓溫度驟降，夜色教你
沿著時間的斷層墜落
你依稀記得每一個
猶未深掘的洞
種下傷痕，長成苦澀的繩索
記憶從不帶你抵達
地圖邊界上的房

你在遠方跌跤
你在歸還的路上迷航
快要被祕密找到的地方
你種下苦痛，建造一座生活
不安從祕密的背脊走過
虧欠依約從祕密的背脊走過
難堪的美好從祕密的背脊
惡戲一般來回走過
痛苦的鋒刃走過冷寂的砂
翻起過於喧囂的浪
殘忍的種子掉進無辜的土壤
開出摘不了的花

你在快要被祕密追上的牆
轉身與時間面對面

勉為其難地凝望
種下冰霜，等待時間率先投降

就是今夜

——《小小夜曲》Little Nights, Little Love

突然非常想念那些
想念還沒來過的日子
還沒有誰偷看過
結局和結局之後的解說
高聲爭論最好的情節
永遠不可能被寫就
若你不說，我也不說

想念那些醒著作夢的日子
站上飄著細雪的天橋

隔著路口吃一盒
挖也挖不完的冰淇淋
各自揮霍不再老去的果實
舌尖保持冰涼，任時間自由發胖
我想專注看著你的影
如何沿手稿洩底的動線撤退
沒等到星星散場就先回家

家裡有你想念的那些
留起來慢慢想念的日子
養在茶碗裡的小祕密
後來都長大了，刪刪改改
還不確定是哪一個旋律
終將載著你我的心事
與偉大的場面擦身而過

愛的詞性

——《婚姻故事》Marriage Story

愛是名詞，我們可以各自
撰寫宇宙的編年史
用幾本書的篇幅賣力描述
詮釋牆面上美麗的污點
多麼喜歡那些平滑的時間
適合指尖舞蹈般草書
日常多麼值得揮霍但是
濫用的字句都不說是浪費
沒有一個寫壞的場面

愛是動詞，我們或許應該
拿出砝碼與鐵尺計量
擁抱曾經發生或者
美好的語言不值得信服
找到斑駁牆面的病灶
把生活交給明確的規則
攤開滿布皺褶的時間
現在簡單式早已不敷使用
務必以正確的時態趨近完整

愛是副詞，我們不再解讀
丟失名詞與動詞之後
停留在原地的時間
試圖拼湊出意義的樣子

荒誕的是
——《導演先生的完美假期》It Must Be Heaven

終於降落在美好的他方
幾乎以為重新活過了一回
感覺背包太輕
忘記攜帶好用的面具
介紹自己的時候
恐怕會被懷疑來歷

呼吸在隱形的國度裡
那些不應該存在的
比現實更無理

撿到一碰就散的身體
很適合裱褙裝框
在長旅中緩慢凝視

迷惘在有形的街道上
那些被日常勾勒的
比想像更脆弱
抱住一碰就散的身體
只能夠裱褙裝框
在回神間即刻忽視

此刻的世界也許只是
一枝無色無味的筆
來回行走於易沉的沙地
某天誰看膩了

單手取消這個場景
隔壁不必發現一絲差異

於是跳舞

——《然後我們跳了舞》And Then We Danced

太貧瘠的日常不能
一次用得太多，我看著你
安安靜靜地流一滴汗
沿著常軌的邊緣甩出去
墜落在好遠好遠——
好遠的角落，我們在那裡
放心朝彼此接近

太易碎的情感不能
全數交付給我，你如果說

每一個字句在我手中
都必須用盡生命力去捧
飄浮在好高好高——
好高的地方，我們在那裡
連下墜都很自由

太柔弱的語言不能
在燈光下擁抱，那不是我
意志堅定地持續旋轉
宇宙邊緣孤絕地存在著
生活在好久好久——
好久的以後，我們在那裡
仍舊記得熟悉的舞步

Emergency Exit 我好像只能陪你到這裡

我以為揚起水霧
就能遮蔽驕傲的遠景
洗去失重的長線
讓你沿著島嶼的邊緣
為我一直跑在前面

我以為世界很近
最大不過全開地圖紙
看你光腳跳過造作的鐵塔
我用薯條填滿古老的河

不工作的時候
只要分享一杯夕陽
可以醉到天亮

我以為思念很輕
經受不起海上的風所以
我得替你折疊精細
當你游移在時間縫隙
偶爾也許得要
擦去眼角溢出的水分
或者夾印一葉特殊的紋理
讓我認識你的疲憊
記住適合感觸的天氣

你帶走了我的方向

和來不及一起去的城市
你的世界很遠
而我是你帶不走的
一件超重行李

後記／至少一座樓梯間有燈不會亮

又是同一段上坡，坡道走完了是夢中的校園。校園裡沒有鐘塔與奔忙，只有濕潤的草場、灰白色的矮房和錯亂在時間裡的方向。你的抵達比較緩，卻一如往常地將緩慢轉變為理所當然。

你所在的地方應該有光。你說要有光，燈光緊接著抵達。你不喜歡看見陰影，因此燈光必須堅定地高掛頭頂。我擔心提前到來的盛夏一天一天催快青春流逝。你卻說無妨，站在那個我應該追逐的定點，投以一個淺白的笑。

明明是和你一起，行經中庭磁磚與水池，沿著螺旋梯上到二樓。明明是和你一起，繞過空蕩蕩的大會議室，沿著一旁的樓梯嬉鬧著繼續向上。總算掏出鑰匙，卻不見你的蹤影。

走廊很長，新漆的牆很冷，花色不搭的地毯洩露了夢境的隱喻。可惜我不知道自己在夢裡，我想你也是。你或許在樓梯間瞌睡，由不得我找尋藉口打斷你的夢中之夢。你或許躲進巷弄或者郵筒、窗台或者不存在的深洞，不留給我機會學你墜入夢中之夢。

好幾次我們走在熱鬧的大街，燈火搖搖晃晃的姿態應該是冬天，輪流在玻璃櫥窗放置彼此，接著在下一個玻璃櫥窗前掉頭，領回之前不意遺失的笑容。如果是這樣就好了。好幾次我們走在人煙稀少的公園，枝幹黑森森的樣子看起來應該也是冬天。我們輪流佔據木頭長椅讓老去的心神休憩，接著在下一條長椅出現的瞬間拍醒疲憊的臉。如果真的是這樣就好了。

我想找出這個校園的真實位置，回到夢境之外的地圖標記大頭針。

你肯定也想知道，但是我只能單獨造訪。別怕，熟稔了每一條逃脫的路徑之後，我會將一路漫不經心的步伐改寫成腳本所需的樣貌，再帶你去一日遊。如果你帶來了那種我喜歡的飲料，甜與酸都要命的彩色糖水，我會非常開心。

於是我一次又一次沿著螺旋梯上到二樓，繞過略顯荒涼的大會議室，沿著一旁的樓梯小心翼翼攀登。斑駁的牆很冷，花色模糊的地毯充滿夢境的提醒。

讀詩人158　PG2735

樓梯間至少有一盞燈不會亮

作　　者　陳育律
責任編輯　陳彥儒
圖文排版　黃莉珊
封面設計　劉肇昇

出版策劃　釀出版
製作發行　秀威資訊科技股份有限公司
114 台北市內湖區瑞光路76巷65號1樓
電話：+886-2-2796-3638　傳真：+886-2-2796-1377
服務信箱：service@showwe.com.tw
http://www.showwe.com.tw
郵政劃撥　19563868　戶名：秀威資訊科技股份有限公司
展售門市　國家書店【松江門市】
104 台北市中山區松江路209號1樓
電話：+886-2-2518-0207　傳真：+886-2-2518-0778
網路訂購　秀威網路書店：https://store.showwe.tw
國家網路書店：https://www.govbooks.com.tw
法律顧問　毛國樑　律師
總 經 銷　聯合發行股份有限公司
231新北市新店區寶橋路235巷6弄6號4F
電話：+886-2-2917-8022　傳真：+886-2-2915-6275

出版日期　2022年6月　BOD一版
定　　價　280元

讀者回函卡

Printed in Taiwan

國家圖書館出版品預行編目

樓梯間至少有一盞燈不會亮 / 陳育律著. -- 一版. -- 臺北市 : 釀出版, 2022.06
面；　公分. -- (讀詩人 ; 158)
BOD版
ISBN 978-986-445-671-0(平裝)

863.51　　111007442